닻을 올리다

닻을 올리다

초판인쇄 2024년 5월 15일
초판발행 2024년 5월 15일

지 은 이 | 신현국
펴 낸 이 | 이해경
펴 낸 곳 | 주식회사 문화앤피플뉴스
편   집 | 허여경
디 자 인 | 전채원
등록번호 | 제2024-000036호
주   소 | 서울시 중구 충무로2길 16, 4층 403호(충무로4가, 동영빌딩)
대표전화 | 02)3295-3335
팩   스 | 02)3295-3336
이 메 일 | cnpnews@naver.com

정가 : 13,000원
ISBN 979-11-987713-0-8

신현국 시집

닻을 올리다

문화앤피플뉴스

1부 · 파도를 바라보며

2부 · 제주의 바람

3부 · 한탄강의 겨울

4부 · 가을 향기

5부 · 소원의 조각배

6부·벚 꽃

시인의 말

　은퇴 후 무료한 삶 속에 시는 고향으로 회귀하려는 어머니와 같았다.
　삼라만상의 아름다움과 신비로움 그리고 따뜻한 이미지들이 나의 감성을 일깨우기 시작했고 샘물처럼 솟아나는 시적 감성들을 언어로 적는 재미가 노년의 큰 즐거움이 되었다.

　이렇게 글쓰기가 삶의 일부분이 되어버린 지금, 3년 동안 매일 한 편이상 쓴 졸필들을 퇴고하여 세상에 내놓게 되었다. 사실 첫 시집을 상재하는 일이 쉽지만은 않았지만 용기를 내어 진행하다 보니 내면 깊숙이 자리한 어머니와 같은 아늑함, 든든함 그리고 설렘, 이런 여러 가지 감정들이 생겼고 소박하게 소장하고 싶은 마음도 들었다.

　아무튼, 시집을 출간할 수 있도록 용기와 아낌없는 응원을 해 주신 분들께 감사드린다. 그리고 사랑하는 가족들께 고마움을 전하며 모든 영광을 주님께 돌린다.

2024년 5월
가정의 달 5월에, 신현국

1부

파
도
를

바
라
보
며

그리운 사람

당신이 보고플 때
사진을 꺼내 보네

날갯짓하는 낙엽 소리가 들리고
갈색 스카프가 바람에 날리네

멀리 있는 것 같아도
가까이 있고
가까이 있는 것 같아도
멀리 있는
수채화 같은 추억이 사진 속에 있네

그리운 나의 님아
부끄럼한 얼굴을 보여 주오

애타는 나의 마음
눈 녹듯 녹을 수 있게.

그 겨울, 제주 바닷가

해변에 밀려오는 파도
고독한 남자의 발자국 따라
대지를 향하네

수많은 모래알 속에
가려지지 않은 상흔은
퇴적된 생의 뒷모습인가

너울너울 춤추는 파도따라
민낯의 부유물을 띄우며

그 겨울, 제주 바닷가
그리움의 잔불로
허망의 휴식을 더듬는다

떠나자, 구름아

구름을 뚫는 비행기
새들과 매일 비상한다

구름 속에서 숨바꼭질
한라산도, 빼꼼 얼굴 내밀고
흰사슴들은 일제히 목을 축인다

굽이마다 계곡 따라 흘러 흘러
구름 감싸 안고 떨어지는 폭포수

참을 수 없는 삶의 길 따라
참 답도 없고
참 길도 없는 운명 따라
구름 속을 뚫고 가는 것들

봄인 줄 알았어!

밤사이 비 몇 방울 떨어졌다고
슬금 내민 입술

쉬잇!

봄인가 해서
꽃 피울 심산으로 대지에 빵긋
어쩌면 좋아
향기도 품기 전에 오싹 떨어져야 했네

눈물보다 진한 사랑 있기에
저 끝자락에서도 기다릴 거라네

내년 봄의 염원을 품고
눈물 깊은 페이지 넘기며 피어날 거라네

땅에서 돋아나는 것들

이른 아침 깨어 창밖을 보니
흰 눈이 대지를 덮고 있네

살아 있는 겨울이
흰 눈에 반응하며 지난 일을
묻고 있는지도 모르네

북서풍을 일으켰던 그때
덮을 수 있는 장독 뚜껑에도
흰 눈은 내려 속살을 적셨네

함께 살아간다는 것은
계절의 변덕과 당당히 맞서는 것

따스한 봄이 오면
눈 녹듯 녹아 사라질 것들

땅에서 돋아나는 신묘한 진실을
매일매일 써가네

느티나무 아래 누워

뜨거운 햇볕을 막아주는 그늘막

잔가지에 어슷 잎 달고 친구 되네

돗자리 깔고 누워

바람 일으키는 나뭇잎 소리

벌레 소리, 햇살 푸는 평화에 스르르

시원한 바람은 불고, 산새들은 지저귀네

안개로 덮히다

해는 서산에 기울고

달은 노을 속에 떠오르네

어둠을 재촉하는 앞산은

자욱한 안개로 세상을 가리우네

비양도 등대

소 한 마리 데려다 놓은 우도
섬 속에 섬, 같은 이름의 작은 섬

관광객들이 지나가다 뭐야 하는
참새 방앗간

끊이지 않는 발길에
외로울 새 없다는 등대의 진언

어둠 속에 망망대해를 떠도는 배들이
혹여 박치기하지 않을까

곧추세워 똘똘히 지키는 충정

다시 봄, 봄

이른 새벽
봄을 시샘하는 추위가
찾아온 봄기운과 자리 싸움하네

안개로 덮인 봄의 뒷모습은
겨울이었다네

움츠러들지 말고 힘내

겨울 건너 봄이고
뒤돌아서면 겨울이다네

푸르게 피어
내게 다시 찾아온 봄
지금은 봄

안개 천사

차가운 밤샘 날씨에

닻을 내리고 움츠려 있는 사람들

안개 천사는 포근히 감싸 안으며

행여 잘못될세라

정박 등 밝힌 어둠 속에서

다독다독 잠을 재우네

천상의 미소

당신의 미소는
아기를 품에 안고 바라보는 엄마의 미소와 같아라

당신의 미소는
엄마의 품에서 바라보는 아기의 미소와 같아라

당신의 미소는
사랑하는 여인들이 서로를 바라보는 미소와 같아라

당신의 미소는
구름 사이로 비추는 해의 미소와 같아라

당신의 미소는
어두운 밤에 대지를 밝히는 달의 미소와 같아라

와! 눈이 온다

하늘에서 함박 웃음이 내려오네

소복소복 탄생한 웃음들이 쌓이네

온천지가 알알이 하얗게 되어

눈 위를 걷는 발걸음도 송알송알

굴러가네, 굴러가네

어린아이와 강아지들도

신나게, 신나게 뛰어다니며

눈사람의 생일을 축복하네

파도를 바라보며

바닷바람 휘몰아치는 용두암 해변
아름다운 카페 안투아네트에 앉아
새파랗게 성난 파도를 바라본다

커피 향은 바닷바람을 타고
철새 한 마리를 쫓아
파도 타며 먹이를 찾아 잠수한다

몰아치는 역경 속에서도
살아남아야 하는 삶의 질서
파도를 헤쳐 나오는 철새는
나와 우리이다.

커피 향 가득한 삶의 여유를
밀려오는 파도를 헤쳐나간 사람들은 안다
새 한 마리의 초상이고
고독이고 끝없이 밀려오는 파도라는 것을

봄이야

봄 언덕에 아지랑이 피고
산들산들 바람은 불어오네

초록의 생명들은 환호성 치며
강남 갔던 새들을 불러와
가지마다 지지배배, 지지배배

꿀 향기 박힌 꽃들이
망울져 터지고, 폭발하고
분주한 꿀벌들의 화음이
윙윙- 완연 봄이네

시냇가 버들가지 아기 솜틀에
뽀송뽀송 물이 오르고
버들피리 만들어 불던
어린 시절,
아, 언제나 그리운 봄

달력 한 장

세월을
한 장 한 장 뜯어낸다

마지막
달력 한 장이 덩그렇다

매일매일
살아가는 내 인생도
한 장 남은 달력과 같다

가는 시간 아쉬워하지 말고
한 장 남은 달력에
최선을 다해야겠네

광한루 연가

애틋한 사랑을 싹틔웠던 전당
단오날 그네 탄 치맛자락이 휘날린다

불같은 사랑은 하늘 높이 솟아
피어난 꽃향기로 어화둥둥 어화둥둥

사랑을 줍고 피어난 꽃향기
탐관오리 변사또의 회유와 고문에도
광한루의 정절은 오직 이몽룡이어라

춘향의 고귀한 절개는
향기 높은 어사화로 피어
광한루의 연가로 영원하여라

인연들을 위한 기도

오고 가며 스친 인연들
발자취마다 소중한 아름다움으로 남기를

함께한 즐거움과 행복했던 시간들
빛나는 추억으로 기억되기를

떠나가는 올해의 아쉬움도
희로애락의 쳇바퀴였지만 감사하기를

다가오는 새해에는 더욱 행복하기를
두 손 모아 기도합니다

당신의 맑은 눈

당신의 맑고 깨끗한 눈은

넓고 넓은 수평선 위에

반짝이는 에메랄드 같아라

나는 그 바다에 돛단배 띄워
사랑의 노래를 부르며
언제까지 당신과 함께 하리라

봄기운

아직은 옷깃 여미는 꽃샘추위

하지만, 찾아오는 봄기운은
누구도 막지 못하네

땅속에서 잠자던 친구도 깨어나고

초록의 새순들도 솟아나지

나무들도 가지마다 기지개 펴고

꽃봉오리 수줍게 얼굴 살짝 내밀면

봄, 봄이야, 봄이 왔어!

민들레

동묘공원 콘크리트 담 밑의 민들레
경이로운 생명력에 깜짝 놀랐다

삭막한 도시 척박한 땅에도
당당하게 뿌리내리는 절실함

힘들게라도 살아남아야 하는
절체절명의 꽃이라서 더욱 아름답다

아무도 관심 갖지 않고
짓밟아도 다시 피어나는 생명력

너의 핀 모습에 발걸음을 멈추고
잠시 눈을 맞춰본다

누구를 향한 일편단심인가!
민들레 홀씨 바람 타고 훨훨 날아

공기 좋고 살기 좋은 땅으로
님 찾아가거라

인생의 가을

가을은 최고의 풍요를 가져다주고
마음의 여유를 주며
결실을 담는 계절이지

나의 인생도 그래
결실을 담은 것을 누리는
황혼의 계절이야

그동안 아웅다웅하며
꽃피웠던 젊은 시절을 지나
이제는 애지중지하던 자식들도
품 안에서 떠나고

힘들었던 삶도 내려 놓았으니
이제부터는 나 자신을 위해
또 다른 새로운 열정으로
남은 인생을
즐겁고 아름답게 꽃 피워 열매를 맺으리

익어가는 기쁜 날들이여

2부

제
주
의
바
람

천사의 눈물

저 하늘 높은 곳에서
두둥실 두리둥실, 어랑 어어랑

너울너울 춤을 추는
새하얀 천사들

바람 따라 이리저리 여행도 다니며
한가로이 즐겁고 신나게 노닌다

우르르 쿵쾅 천둥 번개 소리
맑은 하늘에 웬 날벼락

까만 얼굴로 변한 눈물이
비가 되어 내려오네

세상일 모르는 게 우리네 인생.

비와 진눈깨비

창밖에 내리는 하얀 꽃은
봄을 당기는 비인가
미련 남은 진눈깨비가 인가
비면 어떻고 진눈깨비면 어떤가

서로가 서로에게 말하네

비처럼 쏟아지기도 하고
진눈깨비처럼 휘날리기도 하지만

우리는 결국 넓은 하늘아래
상처를 보듬은 대지로 새싹을 돋는다고

서로의 거울이 되어

흘러가는 구름 타고 유유자적 신선놀음하고 싶지만 바람은 가만두지 않네

우리 삶도 항상 높은 곳에 있는 것만은 아니라 언제든지 낮아질 수 있다네. 그래서 겸손이 제일이라네

저마다 다양한 꿈의 실현을 위해 여러 환경에 놓이지만 생각처럼 되지 않다네, 그저 주어진 환경에서 최선을 다할 뿐이라네

선지식인들의 외통수의 길은,
범사에 감사하며 내 자리에서 내 일을 즐겁게 하는 것이라네

구름이 물이 되고 물이 증발하여 구름되듯 순환의 구조 속에 우리는 서로의 거울이 되어 비추고 있다네

사랑의 샘물

님의 사랑은 마르지 않는

깊은 산속 옹달샘

마셔도 마셔도 새롭게 샘솟네

목마른 나에게 당신은

생명수라서 그대는 나의 목숨이라오

당신은 나의 모든 것이라오

제주의 바람

장난 아닌 장난의 파워
잠도 자지 않고 불어대는 바람은
삶의 경각심을 일깨우네

드넓은 바다 한가운데
덩그러니 홀로 떠 가는 돛단배가 되어
변화무쌍한 바다와 맞서곤 하네

모진 바람과 파도 휘몰아쳐도
목 축이는 백록담이 있고
기둥이 되는 한라산이 있어 견딜 수 있다네

바람 잘 날 없어도
밥상에 모여 오순도순 정 나누는
내 집, 식구가 있어 행복하다네

봄소식에

따뜻한 봄이 왔다고
당신이 따뜻해서 나도 방긋

햇살 가득 바람은 솔솔
때가 되었다고 깨어난 개구리들
개굴개굴, 얼굴 내미는 새싹
파릇파릇, 봄맞이
집 단장하는 까치는 퍼드득 날갯짓

부산한 몸짓으로 바쁜 봄날

옷을 갈아 입다

목마른 봄날

하늘 닫아놓았던
우중충한 구름, 눈물
찔끔 몇 방울 떨어 뜨린다

오는 둥 마는 둥
축일 수 없는 목마름에
갈급해진 나무들 좌불안석

겨우내 헐벗었던 옷을
새단장 하고 싶은 아우성
열린 하늘의 축복을 기다린다

멋진 옷으로 재단하여
하늘 향해 노래할 축제 날

선녀와 나무꾼

천상에서 내려온 천사같은 당신은 달 밝은 깊은 산 속 선녀탕에서 친구들과 목욕하였네

길을 잃고 헤매던 나무꾼 선녀탕에서 운명의 당신을 보았네

놀란 천사들은 저마다 날개 옷으로 갈아입고 하늘로 올라갔지만 나무꾼이 훔친 옷의 선녀는 지상에 남아 그의 아내가 되었다네

세월이 흘러 아들 딸 낳아 잘 살은 듯 싶었지만 마음은 항상 천상에 있었다네

어이할꼬 어이할꼬 애초롭다
달콤한 솜사탕도 잠시, 천상이 그립고 그립구나

날개를 강제로 잃었을 때와 날개를 찾았을 때의 천사는 어떤 선택을 했을까

연천의 늦가을

때아닌 천둥번개
연천 하늘이 노했나

심장을 가르는 하얀 불빛이 번쩍번쩍
우르르 쾅쾅 천지가 요동쳤다

가을 단풍도 깜짝 놀랐는지
움츠린 나뭇가지마다 우수수

꽃비를 쏟아내며
연천은 겨울로 향했다

사라지는 우도 오징어

우도 바닷가에 주렁주렁
매달려 있는 수많은 오징어들

찾아오는 관광객들 바라보며
세상구경을 한다

누가 누구를 구경하는 걸까
바다 속 보다 다른 세상을 구경하고 싶었을까

사람들은 이리저리 사진을 찍어대고
만 원짜리 지폐로 몸값을 계산했다

이미 목숨은 끊어져
몸은 반건조되어 불에 구워지고 찢겨졌다

누군가의 입속으로 들어가 씹히면서
쫀득 쫀득 담백한 맛으로 사라져 가는,
나는 우도에 살았던 오징어

생명수

바람은 어디론가를 향해 실천한다

잿빛 구름들이 모호한 사각지대로 몰리고

움직이는 것들은 저마다 소리와 빛을 내기 시작했다

하늘을 가르고 요동치는 소리가 번쩍

드디어 대지의 생명들이 물을 머금는 시간이다.

외로운 밤

해는 서산에 내려앉고
적막 흐르는 역전공원은 쓸쓸하다

누군가가 앉았을 벤치에
마른 낙엽 구르며 바스락대고
비둘기도 없고 들고양이도 없는 밤이다

멀리서 상처들이
네온사인으로 반짝인다

파편들을 불러
일상의 어둠을 밝히는 중인가보다

한탄강의 봄바람

두터운 얼음으로 갇힌 봄이
깨어나려는지 간지럽다

얼음 속에서도 유유히 흐르는 일이
제 일인냥 한탄강은 사족이 없고

유영하는 청둥오리들은 물 방석을 깔고
식사하기 바쁘다

산책에 나선 사람들
해동하는 한탄강 기운 따라 휘파람 분다

청둥오리의 바람

솔솔 봄기운이 바람을 타는 한탄강

외로이 유영하는 오리 한 마리

따뜻한 봄이 찾아와 해동하기를

강물 위에 앉아 먼 곳을 바라보네

봄이 오면 만날 관광객들 기다리며

물놀이하는 재미난 생각들

기억의 재발견은 봄을 기다리는 이유

광화문의 봄

봄바람에 마음도 살랑살랑
광화문 광장을 거니는 흥겨운 발걸음들
세종로 공원을 지키는 정원수들도
겨울잠에서 깨어난다

파릇파릇 새순은 하늘 향해 솟고

성질 급한 매화 산수유 목련
잎이 돋기 전 꽃들로 활짝 웃는다

찾아드는 사람들은 공원 푸드존에서
이것저것 맛있는 간식을 먹으며

봄을 만끽하는 세종로 광화문 광장

님의 시선

님은
벌들의 시선을 사로잡는 꽃이었소

님은
해바라기의 시선을 사로잡는 해였고

님은
어두운 밤에 시선을 사로잡는 밝은 보름달이었소

님은
엄마의 시선을 사로잡는 아기였소

오! 하나님

감히 범접할 수 없는 님이라오
눈과 귀를 멀게 했다오

아름다움으로 이 세상을 꾸몄고
눈부신 빛으로 온 세상을 밝혔다오

보일 듯 말 듯
잡힐 듯 잡히지 않는
신묘하기만 한 절대적인 사랑이라오

님이 있어 고개 숙이고
님이 있어 낮아진다오

수정 같은 눈

그대의 눈동자는 에메랄드

그 속에 빠져들고 싶어라

순수하고 깨끗하고 투명한

수정같이 맑고 밝은 아가의 눈동자

나는 이미 그대의 눈동자에 빠져들었네

사랑은

사랑은 보고 싶은
마음이요

사랑은 함께하고 싶은
마음이요

사랑은 님의 말을 듣고 싶은
마음이요

사랑은 님을 사모하는
마음이요

사랑은 님이 건강하기를 바라는
마음이요

사랑은 님의 모든 일이 잘되기를 바라는
마음이라

님 그리워

밤에 우는 소쩍새
왜 그리 슬피우느냐

아무도 찾아오지 않는 이 밤에
님 그리워 슬피우느냐

진정 애처롭게 들리는구나

그 마음 누가 알려나

3부

한탄강의 겨울

사랑의 향기

님을 보고있어도
또 보고픈 마음 어찌하랴

그대를 사랑하면서도
더 사랑하고픈 마음 어찌하랴

이 애절한 마음
어쩌하라

그대는 내 마음에 시들지 않은
사랑의 향기

마음속 에너지
기쁨과 즐거움 되었네

내 사랑 나의 천사

봄이 왔다고

벌거벗은 산야에
물오르기 시작한 나무들

땅속에 추위를 떨쳐내고
연둣빛 새 옷 입을 때가 되었다

먼저 핀 개나리는 노란 얼굴로 웃고
진달래는 분홍 얼굴로 웃는다

꽃봉오리를 터트리고 있는 봄은
웃음쟁이

사람들도 두꺼운 옷을 벗고
발걸음 가볍다

파 도

먼바다에서 밀려오는 파도

육지에서 기다리는 사람들을 향한다

밀려가고 또 밀려가 부딪히고 깨지는

허망한 것들이 갯벌에서 걸러진다

쓸려가서 부서져야만 하는 것

하얀 포말을 남기며 치유한다

여름, 그리고 겨울

뜨거운 햇볕에서도 당당했다

푸르름의 절정으로 열심히 살았고
계절의 변화는 자연스러웠다

저녁노을처럼 서서히 물들어 갔고
바람은 더욱 쌀쌀해져 갔다

저마다의 색깔로 겨울을 준비해야 한다
은행잎은 노랗게 단풍잎은 빨갛게

나는 어느 색깔로 물들었나
다양한 색깔들이 저마다 이야기한다
나도 이야기한다

매미들의 향연

무더위 속에서
절정을 꿈꾸는 것들이 있다
볕이 뜨거울수록 즐겁다

나뭇가지에서 목청껏 부르리라
작렬해도 즐겁지 아니한가

짧다는 것은 그만큼 길다는 것이다
짧고 굵게 최선을 다해 노래 부르리

자연 속에 살아 있는 생동감
최선을 다한 결실의 정겨운 합창

고드름

밤새 내린 눈의 결정체가
투명한 빛으로 초가지붕을 내려왔네

대롱대롱 처마 끝에 매달려
크고 작은 작품들이 되었네

아침 햇살에 반짝반짝 빛을 내며
사르르 뚝뚝 방울방울 떨어지네

매서운 겨울 추위는 예술품을 만들고
작렬하게 전사하는 진리

한해는 기울고

길고도 짧은 한 해가
어느덧 서산에 기울고

일상과 함께 걸어온
일 년의 지난한 박동들

고생했다는 계급장으로
나이테 하나 깊게 새겨 놓았네

가기 싫어 버틴다고 가지 않는 것이 아닌,
시간은 찰나의 순간마다 결정권으로
나를 담금질하네

몸은 점점 낡아지고
새해는 매년 젊게 오는데
어찌하랴, 어찌하랴

안개꽃 당신

당신은 안개꽃

대지의 기운을 받아

어두운 밤을 밝히며

아득히 피어나는 꽃

해야 뜨지 마라

날 밝으면 우리 님 떠나간다

낙엽, 그 처절함

따스한 봄기운에 파릇파릇 연두는 돋아나
가지마다 새 옷을 입었네

세상 풍파 비바람 묵묵히 견디어 내며
푸르고 아름다운 강산으로
살맛 나는 세상으로
우리의 건강한 노래를 부르세

이제 모든 것이 그러한 것처럼
봄여름, 가을이 지나 겨울을
준비해야 할 때가 되면
갈색으로 물들어
주저 없이 우수수 떨어져 내리세
가장 아름답게 처절하세

다시 기다려지는 봄을 위해

안개비

하늘에서
안개비가 적막을 뚫고
대지에 앉기 시작했다

온통 뽀얗게 덮어버려
알 수 없었지만, 알 것 같은
소리 없이 찾아오는
봄의 전령이었다

제주의 해변

제주의 해변은 검은, 검은
돌들이 숨을 쉬고 예술이 춤을 추는
파도가 밀려온다

넘실거리는 에메랄드빛이 드넓게 펼쳐져
마냥 빠져들게 하는 상상 속 체험
살결에 스치는 차가운 바람도
바다 내음도 상쾌한 울림이다

제주는 다시 찾는 미술관
검은 돌들이 반기고
파도가 두 손 들어 반겨주는
천혜의 고향이다

한탄강의 겨울

한 많은 한탄강에

동장군이 찾아오면

강물은 얼어붙어

꼼짝 못 하고 갇혀 버리네

철새들은 날아가 버리고

해는 서산으로 기울면

얼음 속 물고기들은

한탄하며 눈물 흘린다네

비 오는 날에

무더운 여름이 곧 온다는

첫 신호의 굵은 빗줄기인가

무성한 초록 잎 친구들이

흠뻑 젖어 싱그러움을 더한다

덩달아 기분 좋은 것들이 웃는다

햇님은 잠시 먹구름 뒤에 숨어

땡볕을 준비하고 있나보다

시원한 빗줄기는 여름을 재촉한다

두 벌 옷들

쌀쌀한 날씨가 찾아오니
그동안 주야장천 내 몸의 분신으로
시원함을 풀어놓았던 짧은 반바지 두 벌
짧은 티셔츠 두 벌

따뜻한 봄부터 이제까지 세탁하며
번갈아 입었던 정들었던 두 벌

한 몸이었던 옷들을
답답한 옷장 속으로 보냈다

서운하지만 계절 앞에 순응하는
내 몸이니 어쩌겠는가
추위로 이별하니 어쩔 수 없다

따뜻한 봄날에 다시 만나기를 기약하며
"바이 바이"

우도 하영카페

우도 해변가 올레길
눈에 들어오는 멋짐과
풍부한 향에 이끌려 카페에 들어섰다

"나를 여행하게 하라"

계속 사색하게 하는 문구에
따뜻한 커피 한 잔을 주문했다

탁 트인 드넓은 바다
일렁이는 파도에 마음 싣고
살아 있는 추억을 힐링한다

육십여 년 동안 살아온 회한은
깊고 풍부한 커피 향 속에 젖어 들고
본향을 찾는 걸음은 계속되었다

내면의 깊은 힐링을
즐겁고 행복한 여행에서 찾는다.

낙엽이 구르는 소리

길가에 널브러져 있는 낙엽

쓰나미 같은 빗자루가 다가온다

옴짝달싹 못 하고 날갯짓 소리만 내고

아랑곳하지 않는 빗자루는

바람을 일며 싹쓸이한다

"살려줘 살려줘"

날갯짓 소리는 낙엽의 최후의 소리다

오리 밥상

청둥오리들의 식사 시간은
물속을 헤집는 본능의 소리로
추위도 아랑곳하지 않고 부산하다

넓은 냇가에 숨은 먹거리
청둥오리 아들, 손자, 며느리
모두 몸짓 발짓 최선을 다한다

작은 물고기들은
요리조리 잘도 피해 다니지만
결국은 요리조리가 되어

청둥오리의 한 끼 식사가 되었다

버들강아지

시냇가 버들강아지
봄 향기를 타고 나뭇가지에 앉았네

졸졸졸 냇가에서 태어나
곡예 부리듯 나뭇가지를 타고
살금살금 연둣빛 날개 펴며
따뜻한 햇빛 아래

봄 소풍 가네

나는 나는 민들레

따스한 봄볕에 수줍은 얼굴
들판에 온통 민들레꽃의 향연
노란 빛깔의 순수는 햇살 속에
온화함을 노래하며 홀씨를 뿌린다

변함없는 님 향한 마음
일편단심, 언제나 그 자리

누구나 한 번쯤 꽃피웠을
은빛 물결의 추억은 하늘로 솟고
어여쁘고 고귀한 천상의 기억은
바람 타고 너울너울

그대를 향한 마음은
언제나 일편단심 민들레

장맛비는 내리고

만물이 내려앉아 고요한 밤
무더위는 어렵게 청한 잠을 깨우고

어둠 속 창 너머에는
장맛비로 하염없네

누군가에겐 잠 못 이루는 소리
누군가에겐 떠난 님의 소리
누군가에겐 자장가 소리

장맛비는 아랑곳없이 내리고
밤은 깊어만 가네

4부

가
을

향
기

당신의 안경

당신이 생각하는 곳에
내가 있고 싶어라

당신의 시선이 머무는 곳에
내가 있고 싶어라

당신이 있는 곳이라면
내가 있고 싶어라

당신이 있는 아름다운 세상 가운데
내가 있고 싶어라

옷들의 계절

시원한 친구들은 떠나가자

쌀쌀한 친구들이 단장하네

알록달록 얼굴 내밀었던 단풍 친구들은

뭐가 그리 급한지 얼른 가버리고

장롱 속에 갇혀 비대해진 친구들

이제 세상 구경나와

포근하고 너그럽게 감싸주려 하네

제주의 바람

제주의 바람은 장난이 아냐
저녁에도 잠을 자지 않고
왔다가 사라지는,
바람, 바람바람
드넓은 바다 한가운데를
자유로운 영원 되어 떠다니네

바람 따라 변화무쌍한 바다는
파도를 일으켜 위엄을 보이고
돌멩이들은 숭숭숭
치맛자락 날리며 바람 타네

한라산의 위용은 아무 말 없이
바람 잘 날 없는 제주를 지키고 있네

해맑게 내민 봄

겨울을 붙잡고 있는 쌀쌀한 날씨에
봄기운은 꼼짝달싹 얼음이 되었네

얼어붙은 대지에서 싹틔우기 시작한
생명들의 수런거리는 소리가 들리고

녹아내리기 시작한 얼음들 속에
아기처럼 해맑게 내민 봄이 웃네

언제나 그 자리에서 기다려줬던
어머니의 계절이 있어 든든했던

봄은 가장 위대한 탄생으로
겨울을 견딘 모든 사람에게 기쁨 주네

제주 민속촌

가공되지 않은 자연스러움

초가집은 원래의 인정

살림살이도 단순하고 소박하여
있는 그대로의 삶

도둑이 없어 나무 하나 척 걸쳐놓으면 끝

주인 양반 멀리 갔는지 가까이에 있는지
집에 계신지 안 계신지 알 수 있네

검은 울타리 담벼락도 낮아
숨김없이 나눠주고 나눠 받는
고즈넉한 우리 제주 민속촌

봄 비

겨우내 추위에 움츠리고 있던 초목들
파릇파릇 깨어나네

두툼한 옷 빨리 벗어 버리라고
봄비도 내리네

나물 캐는 아가씨
치맛자락 휘날리는 아리따움에
나비들은 나풀거리고

생동한 만물들은 봄비 속에 다시 태어난다

숙면에 들어가는 골목

피곤한 만물들도
하루의 지친 몸을 풀어놓고
편히 쉬며 잠을 청하는 밤

고요한 적막을 깨고
잠결에 들리는 소리, 가을비
내리는 늦은 밤

요란한 소리는 야식 배달

인생의 쳇바퀴를 돌리는 오토바이
골목에서 바쁘게 사는 소리를 낸다

가로등은 골목의 소리를 비추고
소리들은 점점 깊은 고요 속의 잠에 빠져든다

살찐 한가위

푸르고 드높은 하늘에
흰구름 천사들 두둥실 바람 타고
소풍 떠나네

어서 오라 반겨주는 황금 들녘
굵은 땀방울로 결실 맺고
들녘마다 풍년의 소리들

담장 너머 감나무 대추나무
빨간 볼 드러내며
알차게 익어간다네

마음도 몸도 풍요로운 골목, 골목길
가을은 풍성하게 살찐 한가위라네

거울 속 공주

당신은 거울 속 공주였나봐
바라만 보라고 하네

애타는 내 마음
바라만 보라 하심은 고문이라오

거울아, 거울아
이 세상에서 누가 제일 이쁘지?
제일 예쁜 모습으로 돌려다오

거울 속에 비친 어여쁜 당신
언제까지 아름답게 비춰지길

당신은 항상 나의 아름다운 여인
나는 그 속에 있고 싶어라

구름 날개 달아주오

자유로이 하늘을 훨훨 날아다니는
햐얀 구름 천사

혼자만 날아다니지 말고
나에게도 날개를 달아주오

우리 함께 훨훨 자유로이 하늘을 날아요.

하늘 향해 뽐내는 산봉우리도 가고
에메랄드빛 드넓은 바다도 항해 해요

이곳저곳 자유롭게 날아
아름다운 세상을 함께 구경해요

천지는 꽁꽁

동장군만 신난 엄동설한

동면에 든 동·식물들은

꿈나라에서 포근히 쌔근쌔근

그러나

온 천지는 꽁,
꽁
꽁

제주 국립박물관

탐라국, 시간 속의 여행

그 시대의 모습들을
그대로 전시해 놓다

자세히 살피는 내용에서
이해할 수 있는 그 시대의 상들
시간여행을 떠나본다

천재지변이 많아 척박했던 땅에
애한의 역사로 뿌리 내리며
바닷바람을 이겨낸 사람들

뜻깊은 과거의 시간 속에서의
여행을 할 수 있었다

한 해를 보내며

다사다난했던 한 해도 안녕
인사하는 이별의 시간이 다가오는구나

별일 없이 바쁘게 살아왔던 한해
함께 했던 친구였는데 떠나간다니 아쉽네

아름다운 추억들을 마음에 간직하고
새로운 것 담을 그릇 준비하자

안 개

추위가 찾아오니
더위가 자리를 내주지 않으려고
자리 쟁탈전하며 싸우다가
정이 들었네

사랑하여 하나가 된 안개

햇님이 엿보려 방긋하면
부끄러워 얼른 도망가 버리고

이슬로 내려앉아 영영 사라지네

가을 향기

새파랗게 드높은 하늘에는

흰 구름 두둥실 떠 있고

드넓은 들녘에는

황금물결 출렁출렁

가을바람에 코스모스 산들산들

방긋방긋 웃음 짓고

풍요로운 마음의 웃음꽃 향기가

피어나는 가을의 향기

연 인

이른 아침 늦가을
찬 바닷바람에 휘날리는 머리카락

다소곳이 손을 잡고 모래 위를 거니는
한 쌍의 연인

끝없이 펼쳐진 에메랄드빛 바다를 바라보며
사랑의 날개를 펴는 상상 속 즐거움

바다 위로 솟아오르는 해를 바라보며
사랑의 빛으로 살자고

다짐하는 한 쌍의 원앙

별을 보렴

소쩍새같이 한밤에 외로웠고
힘들어 슬피 우는 님아
하늘을 우러러 보렴

어두움을 뒤로하고
밤하늘에 무수히 떠 있는 별을 보렴

희망의 노랫소리
캄캄한 절망 속에 있는 자에게
소망의 메시지를, 언제나 변함없이 그 자리에서

어두운 세상에 빛과 소망과 희망
우리는 모두 빛나는 별이어라

가을비

깊어 가는 가을
비가 내리네

추위를 재촉하는 가을비에
벌거벗은 나무들은
몸을 움츠리고

비에 젖은 낙엽들
땅속 재료들로 사라지네

몇 잎 남아 대롱거리는 단풍은
붉은 눈물을 흘리네

무인도

망망대해 옹기종기 떠 있는 작은 섬들
뿌리 깊이 내려놓은 어떤 뚝심인가

똑똑하게 서로가 서로에게 의지하며
넓은 바다를 지키고 있네

무엇 때문일까
뛰쳐나와 외로운 섬이 되었어야 하는 이유는
차오른 물 때문이라고 단순히 말할 수 있을까

아무도 찾아오지 않는 무인도

머나먼 하늘길 철새들의 힘든 날갯짓을 쉬는 곳
항해하는 사람들의 외로움과 시름을 달래주는

무인도에 갈매기는 바다를 향해 날갯짓한다.

동심으로 돌아가 보세

어릴 적 친구들이 이제는 시니어
강산도 여섯 번 변해 세월이 비춰졌다

만나면 금방 동심으로 돌아갈 수 있어
기분 좋은 친구들이다

머리는 희끗희끗
얼굴에는 세월의 흔적들로 많이 변했지만

마음만은 늙지 않고
허심탄회하게 즐길 수 있는 초등 어린이다

고정관념에 묶이지 말고
우리 언제까지 동심으로 행복하게 만나세

5부

소
원
의

조
각
배

비에 젖은 낙엽

깊어 가는 가을 저녁
떨어지는 소낙비에
젖은 낙엽은
바닥에 널브러지고

버림받아 서러운 마음
발길에 체이고 밟히는 아픔을
그 누가 알랴

이 저녁
무심히 비추기만 하는
가로등이 원망스럽구나

연천 재인 폭포

수만 년 전 화산 용암으로 만들어진
자연 폭포
지난한 역사가 살아 숨 쉬고
열녀의 애틋한 사랑이 전설 된 곳
아름다운 천혜 절경이 감탄을 자아낸다

쏟아지는 폭포수 깎아 지른 절벽에 정교하게
손으로 깎아 만든 듯한 이름다운 주상 절리
물은 굽이굽이 흘러 한탄강으로
울긋불긋 아름다운 단풍 옷으로 갈아입은 산은

폭포를 포근히 감싸 안고
우리를 유혹하는 천혜 절경 재인 폭포

모래 위에 발자국

해변가 모래 위를 걸으니
지나온 시간들이 아로새겨지네

사르르 밀려오는 파도에
흔적 없이 사라졌다가
발자국 따라 또 새겨지는 것들이
우리네 인생

끝없이 펼쳐진 수평선을 향해
끝없이 달려가고
발자국은 사라졌다 다시 새겨지네

봄이라고

아직도 추운데 봄의 문을 여는
입춘이 왔다고

부지런한 도시의 까치는
쌀쌀한 날씨에도 열심히 일을 하네

나뭇가지 입에 가득 물고
집을 지으려 부산하게 날아다니고 있구나

엄동설한 따스하게 몸을 녹여줄
짝도 찾았나 봐
혼자가 아닌 둘이네

이제는 한 쌍이 되었으니
보금자리도 만들고 새식구도 생기겠네

행운을 가져다 주는 까치야
알콩달콩 잘 살아라 가족이 되겠지

검둥이 세상

제주는 검은 돌의 마당
땅속에서 솟아오른 불들이
산이 되고 들이 되어
검둥 검둥 바람 솔솔

우리는 검둥 집을 짓고
담장 쌓고 길도 깔고
우리의 자랑스런 검은 돌들이
아름다운 나라를 만든다

심판의 날

가을은 겨울의 문지방에 서서
엉거주춤 자책의 망설임으로 밤을 지새우고.

빠르게 다가서는 겨울은
칼날 같은 바람으로 심판하네

먹구름으로 휘감긴 하늘에선
번쩍 불꽃 튀며 떨어질 것 같은 두려움

나는 알지
심장에서 저지른 모든 것들의 궤적을

사랑의 꽃

아침 햇살같이 또렷하며
벚꽃같이 화사한
천상의 예쁨

목소리는
은쟁반 옥구슬

해맑은 눈빛
에메랄드 같은 넓고 아름다운 마음
빠져들고 싶어라

나의 눈은 아름다운 얼굴 속에 묻히고

잔잔하게 들리는 숨결 소리에
잠들고 싶은
당신은 지지 않은 사랑의 꽃이라오

장가를 가네

높고 푸른 하늘 아래는 천고마비

고추잠자리들 가을 소풍을 즐기고

들녘엔 파란 고추 대롱대롱 열려

얼굴 붉힌 고추들은 장가를 가네

소원의 조각배

칠흑같이 어두운 밤 한탄강 순담계곡에
흐르는 물소리,
새 소리는 외롭기만 한데

방긋방긋 웃는 등선의 달님은
멀리 떠난 누님같이 한결같아
멈추지 않는 순담계곡이어라

달빛에 기대어 한밤 지새우며
소원의 조각배를 띠어 보내었으니
기쁜 소식은 언제나 오려나

동녘에서 밝아오는 해를 맞으며
외로움을 떠나보내고
밝게 빛나는 내일을 준비하는구나

첫 눈

반가운 첫눈이 내리네

벌거벗고 추위에 잠자는

나무들에게 흰 이불을

포근히 덮어다오

편안히

꿈나라에서 따뜻하게 살지

성산일출봉

성산일출봉 정상에 올라오니

시원스레 사방팔방 확 트여

설경의 한라산이 한눈에 에메랄드빛

드넓고 잔잔한 바다 위에

고깃배 두 척이 정박해 있고

새파란 하늘은 구름 한 점 없이 내려앉아

하늘과 바다가 새파랗게 하나가 되었네

불꽃 천사들

선선한 10월의 가을밤
강물은 유유히 흐르고
한강 변에서 쏘아 올린 폭죽
형형색색 다양하고 아름다운 모습으로
수놓으며 펼쳐지는 불꽃의 향연

현란과 환호에 휩싸인 감동도 잠시
사라져버린 불꽃 천사들
아쉬움만 가득 남기는데

강물은 숨죽이며 태고적으로 비추고
산들은 당고적 깊이로 향연을 쓸어 앉네

가을을 잡고 있네

비바람과 찬바람에
우수수 떨어지는 낙엽들

땅바닥에 젖어
오가는 사람들의 발에 밟히네

이제는 돌아가야 할 시간
쓸어내는 빗자루에 매달려

가기 싫다고 땅바닥을 붙들고
가을을 잡고 있네

안갯속 조각미인

그대는
나의 눈을 사로잡는 아름다운 조각미인
피어나는 안개 속에 조각작품이어라

그대의
향기에 안개 속에서 헤매이고
아름다운 자태에 꽃처럼 취했어라

사랑의 노래를 부르자
당신은 내 사랑이어라

안개야 가려다오
누가 볼까 애타는구려

담양 제월당

깊은 숲 골짜기
제월당에 앉아
흘러 내려오는 맑은 물소리에
세상 시름 놓고

대나무 향 가득 서늘하고 맑은
오백 년 길 돌담을 걷습니다

시공간을 넘나들어 시간을 걷는 길
주위에 산재한 환경과 풍경이 세월을 타고
제월당 앞에 오백 년을 세운다

인어공주

세찬 파도를 헤치고 나온
제주 용두암 인어공주

인심 좋고 넉넉한 제주 사람들
구경하러 나왔나 했더니

원주민은 없고
뭍 사람들만 득실득실
구경거리가 되었네

이왕 나왔으니 예쁘게 폼이나 잡아볼까
그래야 사진도 예쁘게 찍히지

이렇게 세상에 알려지면
나의 왕자가 찾아 오겠지

동면 속에서

아름답게 감싸 입었던 옷들을
민낯의 대지에 떨쳐 내기 시작했네

등 굽은 허리를 받히며
마지막 한 잎까지 떨쳐 내야 하는 운명

물을 내린 몸은 점점 더 앙상하게 말라가고
새살 돋으려 떠나는 발걸음은 빠르기도 해라

썰렁하고 쓸쓸한 흉터를 감싸며
이제는 동면에 들 시간

달콤해지는 꿈을 꾸어야겠다

전사들의 절규

유난히 바람은 쌩쌩

가을이 발가락에 동상을 몰고
치닫는 바람, 겨울 외침인가

마지막 잎새는 대롱대롱
목젖까지 사무쳐 떨리는 질곡의 통한
난장판의 세상에 마지막 절규다

단풍 든 잎새는 모두 전사들이다.

그대의 유혹

꽃은 나비와 벌들을 유혹하지만
그대는 나를 유혹한다

꽃은 꽃향기로 유혹하지만
그대는 사랑의 향기로 나를 유혹한다

꽃은 나의 눈을 유혹하지만
그대는 나의 마음을 유혹한다

꽃은 꿀로 유혹하지만
그대는 아름다운 자태로 나를 유혹한다

은행잎

옷깃 여미는 추위에
익어보지도 못한 은행잎들
푸른 아픔으로 길바닥에 앉는다

물들어야 은행잎인데
밟기도 애처로워라

6부

벚
꽃

이슬에 젖은 꽃

이른 아침 이슬에 젖은
꽃 한 송이였어라

긴 밤 세찬 비바람 견뎌내며
가눌 길 없는 상처 속에 피어오른
차가운 입김 속 진실

흉터는 꽃향기로 아물어가고
먼 길 밤을 헤쳐나온 뒷모습은
그대가 있어 기쁨이어라

환한 아침은 이슬 속에 영롱히 빛난다

과거길

구름도 새도 쉬었다 갔다는 문경새재
한양을 이삼일 빨리 갈 수 있어 택했다는데

봇짐에는 벼루 붓 화선지
먹고 쓸 물건들을 등에 메고
영남의 선비들이 청운의 꿈을 안고
인생길을 향해 오르던 길

요즘은 여행이라는 이름으로
깊은 계곡에서 흐르는 물소리와 새소리를 들으며
힐링하는 산책길이 되었으니

격세지감 무슨 말을 할 수 있겠는가

조상님들께 좀 송구하지만
좋은 세상에 태어났으니 감사할 뿐이요

봄나들이

길가에 노랑 병아리 떼

나뭇가지를 타고 내려와

즐겁게 쫑쫑쫑 거리며

봄 소풍을 가는데

진달래 꽃도 봄나들이 왔다고

예쁘게 활짝 웃고

지나가는 행인들도 쳐다보며

기분 좋은 발걸음

벚 꽃

봄의 전령인 벚꽃 나무
새싹도 나기 전에
꽃단장 옷으로 화사한 자태 뽐내네

봄 처녀들의 매끄러운 살결향은
흩날리는 바람따라 매혹적인 유혹
숨길 수 없는 봄이어라

짧은 절정의 시간이 다가오기 전
초록을 뒤로한
아쉬움은 눈부신 눈꽃으로 떨어진다

변함없는 사랑

그대를 사랑하는 마음은
변함없이 떠 있는 하늘의 별과 달과 태양

목마른 사슴같이
당신을 사랑으로 목을 축여 병이 나았다오

갈증은 끝이 없소
샘솟는 물을 찾는 허기는
존엄하신 하늘 향한 나의 갈구라오

내 사랑 그대는 언제나 변함없음이고
나는 허기진 사랑을 채우고 있다오.

부끄러워

가지 말라
가지 말라 애원해도
가야 하는 운명

10월의 마지막 날이
잊혀지지 않는 홀로서기였다네

가을에 향기에 내마음 머물고
한잎 두잎 떨어져 가는 추억들
차가운 옷깃을 여미게 하네

이제 따뜻한 대지를 향해
동안거하러 갈 시간, 모두 안녕

한라산

제주에 위치한 남한의 명산
유네스코 세계유산
금강산 지리산과 함께 대한민국 삼신산

은하수를 잡을 만큼
하늘로 치솟아
구름도 내려다보고
위풍당당 활화산

백록담 호수 안고
사슴들이 뛰노는 맑고 밝은 정기

대한의 기상
다시 한번 찾는 제주 한라산

당신의 꽃향기

당신이 생각나면
마음속의 서랍을 열어
님의 얼굴을 바라보네

아름답고도 어여뻐라
이리 보아도 저리 보아도
내 님은 시들지 않는 꽃이어라

나는 나비 되어
님의 꽃잎 속에 앉아
스르르 깊은 잠에 빠진다오

가을 이슬

따스한 품속에서 단잠 자는데
차가운 친구가 살금 깨운다

탱글탱글 맺힌 이슬방울
풀잎마다 맺혀
손바닥으로 받을 수 있을 것 같은
밤샘 노동의 흔적이다

덩그렁 흐르는 이슬이 눈물이 되는
곰삭은 옹이의 우리들 가을
독백한다. 기죽지 말고 살자

바다의 자식들

바다는 고요하지만
파도는 잠시 잠깐도 쉬지 않고
제 자식들 입에 밥을 넣어준다

바닷속에 있는 자식들이 눈에 밟혀
잠시도 쉴 수가 없다

잘생기고 못생기고
잘 나고 못 나고가 없다
모두 품에 품고
해변을 향해 질주한다

가는 가을

풍성한 추수의 가을
왠지 쓸쓸하게 느껴지는 마음은 무엇일까

옷깃을 여기고 주머니에 손을 넣으며
낙엽을 발로 찬다. 지긋이 밟는다
낙엽들은 자지러지는 소리를 낸다

겨울이 당연하듯이 찾아오는 손님
꼭 잠근 자물쇠를 풀며
멀리 바라보며 함께 가야 하는 운명

마지막 잎새는 쓸쓸하게 뒹굴고
낙엽 밟는 소리는 깊어만 간다

아니 가을 남자는 원래 고독했다.

가을이라

하늘에 에드벌룬을 띄우고
새파랗고 드높은 하늘을 날자

선선한 바람이 들판을 풍요로 채우고
아버지의 지게와 어머니의 호미를
황금물결로 물들인다.

뒷모습이 아름다워야 한다
들녘의 황금물결이 그냥 물결이 아닌 것처럼
산야의 오색 단풍이 그냥 물든 것이 아닌 것처럼

길가에 가로수는 한 잎 두 잎 땅에 떨어져 내리고
바람의 가을걷이는 보여 줘야 할 뒷모습이다.

구름 나라로

저 하늘 높은 곳에 있는 깨끗하고
새하얀 구름 천사야
이리 좀 내려오렴

나의 사랑하는 님과 함께 태워 훨훨 날아
아름다운 너의 나라로 데려다 주오

그곳은 하얀 천사의 나라
검은 것이 없는 깨끗한 나라

너와 함께 오대양 육대주
아름다운 세상을 구경하고 싶구나

사랑담은 가을볕

해님은
듬뿍 담은 사랑의 빛으로 비추어 주네

황금 들녘 벼들은
고맙다고 고개 숙여 인사하고

코스모스는 한들한들
살랑살랑 해님 향해 춤을 추네

수줍게 볼 내민 사과는
두 손, 가득 담은 하트로 사랑을 고백하고

해바라기는 오직
해를 향한 일편단심 바치려하네

장렬한 죽음

창밖에 산들은
자욱한 안개로 얼굴 가렸네

무엇이 수줍은지

벌거벗은 나뭇가지들
피를 토하며 떨어진 살결이라서
숭고한 성정 부끄럽지 않네

겨울 동안의 자맥질로
다시 태어나고
다시 장렬하게 죽으리

안갯속에 사라지리

순응하며

그렇게도 윙윙거리며
바지런했던 작은 날갯짓
동면에 들어 적막강산이로다

쌀쌀한 바람에 옷깃을 여미며
작은 날갯짓의 흔적을 찾는다

여기도 조용
저기도 조용
물을 내린 나무들만 스산하게 떨고
달콤한 꿀의 향은
움츠린 가슴에 단내로 남아있을 뿐이다

하나 남은 달력

새해부터 가기 싫어 어그적거리더니
어느새 한 장 남은 달력

천천히 가고 싶어 농땡이만 쳤는데
세월을 끌고 마지막 한 장을 쳐다보게 하네

뒤돌아보는 마음,
후회도 감사도 모두 하나
나로 인한, 나의 길이었음을

주어진 환영에서 나는 나로
마무리를 잘하는 마지막 한 장

하루의 지친 태양

석양의 해는
하루에 지친 몸을 서해에 빠뜨리며
생명의 빛을 저녁노을로 물들이네

붉게 물든 하늘마다
조곤조곤한 감사들이 구름 지어 몰려들고
언덕에 걸터앉아 바라보는 황혼은
더없이 따스하고 행복하여라

아, 아름다운 인생이여
고맙고 감사한 사람들이여
대자연 속에 생명의 빛은 영원해라

문경새재 선비들

그 옛날 영남 선비들의 불꽃

부모와 처자식들의 큰 소망과
청운의 꿈들이 골 깊은 산이 되고
비통한 아픔이 되는 천 리 길
괴나리봇짐은 인생의 무게였다

다른 길보다 앞서가고픈 길
험준한 살길은 정화수 올린 치성으로
눈물겨운 희생으로 영혼의 갈림길

국밥 한 그릇과 막걸리로 눈빛 달래며
걸어가야만 하는 길
험하고 위험하여 함께 모여 아침
일찍 재를 넘던

수많은 선비들은 지금은 어디에 있나이까

많은 후손들이 오늘도 찾아와
선비님들이 힘들게 넘었던
새재길 그 발자취를 거닐며 조상들을
애타게 찾고 있소이다